시간의 물결

시간의 물결

초판 1쇄 발매 | 2024. 12. 25.

펴 낸 곳   도서출판 느루북
편   집   강원일보 출판기획국
표지그림   선우미애
ISBN   979-11-980857-8-8

시간의 물결

느루북

시인의 말

오늘도 바쁜 일상으로 시작합니다.
마음창을 활짝 열고 시원한 바람 그리고
꽃의 아름다움으로 시를 그려봅니다.

시를 생각하는 환한 빛, 동트는 아침 같습니다.
영혼의 소리 귀 기울이며 삶을 돌아봅니다.

더 깊은 영감으로 메마른 가지 고통의 잎눈 틔우며
온 세상 덮어주는 하얀 눈처럼
하얀 마음으로 시를 쓰고 싶습니다.

/목/차/

2부   편치볼 사과

3부 11월의 꽃, 별꽃

4부 해안의 아침노을

1부
소망의 아침

고구마꽃

무성하게 얽힌 고구마 넝쿨 밑
어두운 그늘 작은 틈새
빛을 받아 피어난
연보라빛 다섯잎 모서리
나팔꽃 닮았네

갓난아기처럼 낮은 자리에서
사랑의 꿈을 꾸는 너는
은은한 리듬 따라
벌 나비 불러 모아
환하게 웃는다

너의 마음 끌어온 삶의 길목에서
동굴처럼 어둠 내릴 때
너 같이 웃으며
희망 찾는 꽃 되고파
소망을 꿈꾸는 꽃 되고파

시
간
의
물
결

13

가로등

먹빛 어둠 속
환하게 밝히어
앞길 열어주네

어깨동무 나란히
길가 반짝이는 별들
파랑 노랑 빨강
색색 불꽃

호수에 잠겨진 빛
아롱진 꿈

온 마을 황홀하게
고마운 가로등

묵묵히 빛으로
삶을 돕는 아름다움

14

아름다운 삶
아름다운 사랑
가로등

새 한 마리
가로등 불빛에 앉아
한참을 머물다 간다

시
간
의

물
결

15

꿈나무

청청한 소사나무 글에서
아이들은
가위 바위 보
진초록 꿈을 꾼다

햇살의 호위를 받은
아이들
빛난 얼굴들

고고한 숲의 놀이터
아기새들
흥이 난 날갯짓

콘크리트 속
아이들
바람 타고 오려무나

천년 푸르게 살아온
나무처럼
변함없는 기둥 되고

천지 활짝 핀 꽃처럼
맑은 공기 넓은 하늘 보며
꿈과 소망 그리려무나

시
간
의

물
결

동행

오랫동안 품고 있던 꿈
비단결 날개 달고
시창작 수업 함께 가는 길

해안에서 춘천까지
이어지는 소망
욕심 없이 순수한 이야기

파란 하늘만큼
눈부신 축복의 빛

선생님 추천으로 마주한
등단의 기쁨
문학지에 실린 벅찬 감동
함께라서 더욱 좋다

자서전도 함께 쓰고
알알이 영근 마음
시집도 내고

박수근 미술관에서
인터뷰하던
잊을 수 없는 기억

황금빛 저녁놀
즐거운 길 같이 가는 친구

사랑하는 친구 홍경옥
함께 길 가는 시인 홍경옥

시
간
의
물
결

꽃동네

활짝 피어난 사과꽃
구름처럼 둘러싸인 언덕
햇살 가득한 사잇길
노란 민들레 한창

벌 나비
노란 꽃 하얀 꽃
춤추듯 오르내리며
사랑을 속삭인다

밟혀도 다시 일어나
방긋 웃어주는 민들레

농부들의 마음도 흥겨워
달콤한 노래부른다

새파란 하늘에 구름은 흐르고
찬란한 꽃으로 수놓은 동네
우리 동네 꽃동네

마음꽃

마음을 비운다
잠잠히

사랑의 십자가
바라본다

고요한 마음은 호수다

아름다운 것들만
채워주시길
하늘 향해 기도한다

사랑의 꽃
절제의 꽃
희망의 꽃
하늘이 주신 마음꽃

내 영혼
소망의 본향으로
사뿐사뿐 걸어가려네

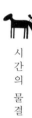

시
간
의

물
결

21

봄길

맑은 하늘
푸른 잎새
따스한 봄의 향기

꽃잎 흔들리는 길
어디까지 갈까

비바람에 시달린
고된 자욱 있어도
솜솜히 피어난 꽃
너에게 닿았다

밤이슬
아침 햇살
푸른 꿈 꾸며
꽃잎 흩날리는 길

사뿐히 곱다

봄은 어머니

온 세상 품에 안고
고통으로 잎눈 틔운다

하얀 구름 우아하게
너울 치마 두르고

어머니 이야기 따라
바람처럼 춤추는
푸른 풀밭

샛노란 아기 민들레와
오순도순 눈맞춤

하늘과 땅 사이
봄빛 찬란한 대화
어머니의 따스한 품속
만 가지 꽃 중에 불러온 기억
어머니 생각 간절하다

봄의 향기

봄빛 노을
신비런 구름

예쁜 토끼 선녀의 춤
흥겨운 날갯짓

파릇파릇 잎눈
올망졸망 꽃눈

연둣빛 동산
분홍빛 바람 따라

소생하는
인생의 봄
영혼의 봄날 그려본다

세포에 저장된 기억
봄날의 향기 따라
나폴나폴 춤을 춘다

사랑의 샘

비바람을 맞으며
발걸음 마주하는
두 형제

언제나 손발 되는
불구의 형

푸른 숲처럼
형을 지키는
아우의 사랑

샘처럼 솟는
사랑의 향기

아득히
높고 멀리
햇살처럼 퍼진다

늦더위 기승을 부려도
한 자락 형제의 사랑
샘물처럼 맑다

소망의 아침

뉴스처럼 흘러가는 시간
갑진년 새아침 열어

아름다운 금수강산
정기 받은 우리 민족
마음 열어 하나 되고

허물을 덮어주고 섬기며
풍년가를 부르는 아침

젊은이들 힘을 얻어 희망을 달아
사랑으로 부부 인연
행복한 가정

하늘의 별같이 땅에 모래 같이
번성의 꽃 이루리라

찬양을 올리어
화평한
소망의 새아침

내일의 희망
꽃이 되어라

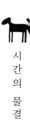

시
간
의

물
결

시간의 물결

곱게 물든 낙엽
물살 떠도는 계곡따라
졸졸졸 세월의 소리

바위에 부딪혀 아파도
의연한 기도처럼
오늘도
내일로 흘러간다

황홀한 아침노을
뽀얀 은하 물결 같은
세월의 시간 속

아침이슬 같이
생기를 나누었을까

피어나는 꽃잎처럼
예쁜 입술이었을까

정면으로 마주했던 아픔
마음의 상처는 치유되었을까

슬픔으로 흔들리는 어깨
남의 아픔 함께 했을까

아름다운 내일의 물결
강물처럼 흐르는
무한한 시간들

하루하루 남은 시간들
서툴지만 잘 살아내고 싶다

시
간
의

물
결

시향

고요한 밤
문장이 흐른다

단잠 이루지 못한 채
상상의 빛을 찾아 헤맨다

눈앞에 서성거리는 문장들
손에 잡을 수 없다

어스름한 밤
아롱대는 그림자 같다

칡넝쿨 같은 인생길
술술 풀어내는 詩
그렇게 문장 하나 잡고 싶다

좋은 관계

오늘
이웃을 비판했다면
내일은
칭찬과 격려만 하세요

솔솔 불어오는 훈훈한 바람
사랑 실은 화평의 꽃 피우리니

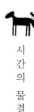

남을 나보다 높이며
나는 남보다 낮아지며

내 속의 빛 환한 웃음
화해와 사랑의 열매

굳게 닫힌 옹색한 마음
양팔 벌리고 활짝 여세요

말랑말랑한 구름처럼
하늘 흐르는 바람처럼

청둥오리 사랑

꽁꽁 얼음판
작은 샘터

옹기종기 화기애애
정을 나누는 청둥오리

수컷은 진한초록으로
암컷을 유혹한다

짝지어 먹이 찾아
도리도리 목이 아파도
빨갛게 언 발
사랑을 속삭인다

고달픈 삶
날갯짓으로 털어내고
파드득 파드득
설한을 뚫고
하늘 날아오른다

하늘 아래
빈 항아리에
햇살이 앉았다

시
간
의

물
결

패랭이꽃

저수지 둘레 길가
분홍빛 패랭이꽃

지나가는 나에게
다소곳이 미소 짓는다

물 위에 그려진
파란 하늘 뭉게구름

깃털처럼 날아든
하늘하늘 가냘픈 꽃

그리워 흔들리는가

사색으로 피어오르는
추억의 꽃

호수에 빠진 구름 흔들렸다

호수의 평화

바람 따라 솔솔 주름진 물결
반짝이는 금빛 찬란함은
다채로운 즐거움

호수 위 채색의 마음
아련한 추억
그려보는 하루

물새들은 푸른 옷으로
원을 그리며
평화의 꽃을 뿌린다

호수를 지키는
산들의 숨결
하늘까지 닿은 평화로움

기쁨과 감사함
고압선 흐르듯
온 천지 가득하니
적막강산 외롭지 않구나

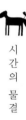

시
간
의

물
결

35

홀로 핀 들국화

나뭇가지 사이로
싸늘한 가을 하늘
은행나뭇잎 바람에 떨어지는데

묵묵부답
바위틈
외로이 피어난
한 송이 들국화

그리운 미소
너의 친구 되고 싶다

비바람 몰아쳐도
강한 너의 모습

늘 푸른 소나무처럼
초연하여라

2부
펀치볼 사과

갈매기

저 멀리 수평선
무채색 아득한 바다
한 맺힌 사연

너른 바다
여기 두고
창공을 오르는
갈매기

젖은 날갯짓
애끓음 숨겨두고
하늘로 날고 싶은
갈매기

바다와 더불어
살아온 나날
파도 위에서
슬픔의 물결 타고
하늘로 날고 싶은
갈매기의
젖은 날갯짓

외갈매기 인생길

시
간
의
물
결

귀농한 손자

가물어 메마른 땅
단비 내리듯
힘없는 노인 일터
착한 손자 귀농 농장주

넓고 푸른 사과 농원
한 그루 한 그루
땀으로 열매 맺어
최고의 맛과 향을 담은 사과

사람마다 사랑을 먹고
건강을 먹는 사람들

일 많은 과수원
반복되는 일상
파도처럼 밀려와도
의연한 너는 큰 바다

먹구름 헤치고
더욱 찬란한 무지개

성장하는 너의 큰 그늘에서
지친 모든 사람
쉬어가면 좋겠다

푸른 동산 맑은 세상
희망을 몰고 오는
큰 나무 되면 좋겠다

시
간
의

물
결

41

내 곁에 소나무

검푸른 새벽하늘
기대어 서있는 소나무

40년 함께 살아온 너는
여전히 푸른 잎
우람하고 웅장한 모습

살아오는 날마다
솔향 가득한 너의 모습에
활짝 핀 웃음꽃 되었다

내 안목 채우려고 가지를 잘라
피를 흘리게 했던 아픔
이기적인 나를
다 알고 있었지?
종종걸음 고단함
종일 지켜보았지?

초록빛 가지 사이로
떠오르는 붉은 태양
하루해 기우는 황홀한 노을

날아가는 새들의 속삭임
아름다운 하늘 바라보며
너는 말했지

내가 흔적도 없이 사라져도
너는 바람 따라 흔들흔들 춤추며
말없이 이 자리에 있을 거라고

고마웠다
푸른 꿈 소나무

까닭없이 그립다

정다운 사람
그리운 날엔
커피생각이 난다

구수한 커피향 따라
이야기꽃 한참 피어오른다

푸른 숲
깊게 물든 고독
커피향, 까닭없이 그립다

44

눈꽃

밤새
소복소복
눈이 내린다
가로등 불빛 사이로 안개 피어나듯
펄펄 내리는 눈
온천지 하얗게
깨끗한 세상 맑은 마음
소나무잎 눈꽃송이
철쭉나무 목화송이
정원수마다 하얀 마음
높은 산 어깨마다
바닷속 화석처럼
밤새워 얽힌 눈꽃
하늘에서 내려온 선물
눈이 부시다

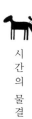

시
간
의
물
결

목련화

당신은
우아한 목련화
희고 순결한 사람

서둘러
봄을 알리려
먼저 피는 당신
황무지를 개간한 선구자

꽃은 활짝 피고
그윽한 향기는
무르익어 가는데

사랑의 귀함 모른 채
쳐다볼 겨를도 없이
나의 사랑은 지고 말았다

한잎 두잎 모란 꽃잎
가없는 발꿈치로 사라지고

고요한 하늘가
당신 그리워

찻잔에 마른 목련잎 띄워
하롱하롱 피어나는
당신의 향기
마음껏 마신다

윤슬

청아한 호수
침묵 흐르고

저녁 노을빛은
다이아몬드처럼
물 위에 흩날리고

반짝반짝
수많은 별이 되었다

호수에 어우러진
신비한 그림

아름다운 풍경은
예술의 혼

황혼의 빛처럼
물들어 가고 싶다

한적한
그 길 따라
노을을 부르고 싶다

딸의 선물

어버이날 선물
담장 밑 심어놓은
화려한 사랑의 꽃

그윽한 향기 줄기 타고
담장 넘어 웃음 짓는
마디마디 피어난 사랑

보랏빛 으아리꽃
보석처럼 우아한 눈빛

오랜 세월 흘러도
변함없는 사랑의 빛

함박웃음 꽃으로
건네온 선물
꽃처럼 향기로운
마음 사랑

아기 사과

꽃잎 떨어지면
오형제로 맺어진
갓난아기

보송보송 솜털옷 입고
엄마 엄마
눈물짓는 아기 사과
촉촉한 이슬 먹고

깜깜한 밤하늘
영롱한 별빛
아기 사과 지켜주고

파란 하늘
오월의 태양

영양 가득 푸른 잎은
아기 사과의 젖줄

바람 불면 엄마 엄마
소리내어 엄마 찾는다

아기의 빨간 입술에는
'엄마'라고 써있다

오묘한 하늘

잔디밭에 누운
새파란 하늘

아름다운 것들로
수놓은 듯

시시각각 변하는
신비로운 구름 세상

구름 따라 흐르는
소망의 부푼 꿈

몽실몽실 구름 이불
사분사분 설레임

목마른 산야
해갈의 눈물

저 하늘 오묘히
흘러가는 사색들

오며 가며
모였다 흩어지는 구름처럼

하늘의 섭리 따라
살고 싶구나

시
간
의

물
결

적화 적과

뭉게구름 솜사탕
하얀 사과꽃

맺어진 다섯 개의 열매
좋은 열매 맺을 것만 남기고
모두 따낸다

결과지 끝으로
달랑달랑 홀로 남은 사과

가장 좋은 위치에서
둥글둥글 잘 자라거라

따가운 햇살
썬크림 발라주지 않아
빨갛게 기미 올라온 사과

수많은 열매 중
적화[*] 적과^{**}를 통해 남겨진 사과
풍요롭고 황홀한 과수원
기쁨을 안겨준다

벌레도
새도
함께 먹는 사과
인간들 것만 아니다

---

*적화: 꽃 솎기
** 적과: 알 솎기

일의 바다

청명한 하늘
따사로운 햇살
감사기도 시작하는 하루

천 그루의 어린 사과나무

파도처럼 출렁출렁
밀려오는 일

나무 사이로 헤엄치듯 넘나들며
한 그루 한 그루
수형으로 만들어 가는 전지 유인

코끝 당기는 빨간 희망
피어나는 일의 바다

일생에 흘려야 하는 땀의 꽃
바다처럼 출렁이는 과수원

정겨운 여행길

청옥 같은 가을하늘
오대산 월정사에서 상원사 가는 길
어머니 손잡고 흙길 따라 오르는 길

불타는 단풍 노오란 꽃
보랏빛 들국화는 어머니의 미소

낮에 나온 달빛 따라
다시 돌아갈 준비하는
고운 낮빛
이렇게 예쁠까

인생꽃도 이처럼
낙화할 수 있을까

한 잎 떨어지고
또 한 잎 떨어지듯
그지없는 자연의 마음
닮고 싶은 여행길

시
간
의
물
결

청개구리 형제

너희는 풀밭에 살아
연두옷 입었니

풀밭에서는 풀색
땅에서는 땅색
변신의 귀재

나무 타고 올라
빨간 사과에
가만히 앉아
무슨 생각하니

사과향에 취한 걸까
아침햇살에 취한 걸까

볼 빨간 청개구리 형제
앞서거니 뒤서거니
신나게 푸른 초장 누빈다

개굴개굴 개구리
노래를 부른다

폴짝폴짝 푸르르
하얀 구름 뛰논다

좋은 친구

하늘은
마음의 창을 열고
새 희망 품으라 한다

화려한 노을로 물든
신비로운 지평선

바람 따라 춤추는
가을날 오후 같은
뭉게구름

놀이터가 되어주고
햇님 달님 별님
빛의 무대 되어 주네

언제든 기댈 수 있는
나의 좋은 친구

온 세상 품어주는
드넓고 넓은 하늘

나의 좋은 친구

청송

늘 푸르러서 청송이라 할까
검붉은 줄기 진초록 바늘잎
연인처럼 짝지어
밤송이 같이 예쁘기도 하다

가지 사이로 파란 하늘
밝은 햇살 들어와
환한 얼굴 보인다

모진 비바람 따가운 햇빛
모두 견디고 바위처럼 침묵으로
품위 당당한 너의 삶은
인고의 세월 인생살이

나의 길목에 푸르게 서있는
나무 한 그루

펀치볼 사과

펀치볼 거센 바람에
오돌토돌 피부
알차게 영글었다

축복의 단비
따사로운 햇살
수줍은 바람의 입맞춤으로
발그레 붉어진 얼굴

가지가지 영양 식이섬유
온 국민 사랑받는
빨간 열매

산산이 부서져
고루고루 웃음 짓는 너는

하늘이 주신
귀한 선물
펀치볼 사과

3부
11월의 꽃, 별꽃

가을하늘

오묘한 하늘
유난히 높은 날

뭉게뭉게 구름 따라
가을을 알리네

기러기 짝을 지은
황금빛 들판
멀리 크고 작은 산맥들

설레는 마음
그리운 단풍 사이로
졸졸 맑은 물소리

송이송이 들국화
보랏빛 바람 따라
살랑살랑 춤추며
나를 반기네

깊고 고우니
어찌
가을하늘만큼이랴

11월의 꽃, 별꽃

11월 하늘가
영롱한 빛으로
내려앉은 꽃

앙상한 가지 사이
마른 눈물로 피어난
장미 한 송이
추위에 떨고 있는데

11월의 꽃은
춥고 스산한 밤하늘
밝고 명랑한 빛으로

초가삼간 높은 빌딩
차별 없이 덮어주는
하얀 눈처럼
온 누리에 별빛으로 밝히네

아름다운 너의 빛
하얀빛 다섯 개의 꿈
가을과 겨울 사이
바람을 뚫고 오르내리는

질곡의 세월 속에서
말갛게 피어나는
11월의 꽃이 되고 싶다

고난 후 유익

아침고요 수목원
우아한 노송 앞
노인 한 쌍

농익은 햇살은
하늘 닿아 푸르고
모진 눈보라 비바람은
회복의 탄성으로 오르고
무거운 짐 굽어진 몸매
인고의 긴 세월
겸손과 자족을 배운다

고난을 통해
창조주를 찾고
세상에 없는 참 평안

소낙비 후 맑은 하늘
고난 후 평안의 싹이 튼다

고목의 사랑 _새봄

오랜 세월 홀로 긴 밤
상처 입은 가슴 안고
속앓이 하다가도

하늘거리는 나뭇가지
검은 치마 흰 저고리
단아한 모습에
예쁘게 단장한 새봄같이

살랑살랑 장단 맞춰
청춘을 맞이하는
춤추는 고목같이

하얀 꽃
활짝 피어나면
벌 나비 날아와
사랑을 속삭인다

고목의 사랑은
벌 나비 하늘의 구름까지
너울너울 춤추게 한다

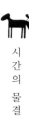

기다림

남이섬 메타세콰이어
숲 사이로
첫눈이 내리던 날
사랑을 꿈꾸며
함께 걷던
그대와의 시간은
바람에 흘러갔고

하얀 눈꽃 내리던 날
그대 오시려나
기다려집니다

호수에
그대 얼굴
꽃으로 그려놓고
그대 향기 그리워합니다

만물이 소생하는 봄
꽃으로 오시려나요

오늘 밤
지나가는 구름으로라도 와 주세요

그대 오시는 길
이른 봄 아득한 길 위에
묵은 의자 비워 놓겠습니다

남편과 커피 1

식구들 일 나가고
혼자 남은 외로움

무료함 달래주던
믹스커피 하루 열 잔

돌아가시기 전
고향 가고 싶어
유년의 기억 찾아 떠난
강릉 여행

바닷가
커피 거리 함께한
핸드드립커피

커피향 같은 당신
여전히 그립습니다

남편과 커피 2

당신 떠나고
식어가는 커피잔

당신 마시던 믹스커피
아직 따뜻하게 남아있어요

하루해 희미해지는 저녁
그리움 타고 오르는 커피향

당신 떠나가신 하늘에서
소소한 바람이 불어옵니다

바람 따라온 당신의 향기
오늘따라 유난하게 진해옵니다

가슴앓이 뜨거웠던 그리움
묵상의 나날들
커피 한 잔으로 달래봅니다

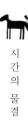

노년의 삶

긴 세월
뒤돌아보면
인내와 노력의 열매

황혼에 맡은 사명
이웃 사랑
나눔의 기회 되었네

거센 바람 불어와도
이겨낼 강인함으로

폭포수 같은 은혜의 강
유유한 물결처럼
사랑의 소리 널리 울리리
저 하늘 높이 노래하리

황금빛 노년의 삶
저녁노을 찬란한 빛으로
널리 널리 퍼져나가리

흔들리는 나무

거센 바람
휘몰아친다

쓰러질 듯
과로한 인생처럼

사방 휘둘리는
늙은 나무 한 그루

스쳐 간 바람 자국
활처럼 휘어진 가지

나무의 아픔이
멍든 가슴 할퀸다

눈보라 세찬 비바람 타고
깊이 더 깊이
뿌리 내린 나무

나그네 쉬어갈
그늘이 되었다

늦가을

바스락
낙엽 끝에 걸린 가을이
지나는 소리
어디로 가는 걸까

춥고 외로운
슬픈 집시여인처럼

한 잎 두 잎
앙상한 나뭇가지에
눈물이 맺힌다

동터오는 햇살
위로의 웃음으로
눈물 닦아준다

그리움 몰고 오는
소슬바람

높고 푸른 하늘
올려다보면
왜 눈물이 맴돌까

내 안과 밖
빈터에
바람만 지난다

시
간
의

물
결

모란

울 밑에 심은 작은 나무에
열아홉 송이
노란 수술에
빨간꽃 이파리

밤송이 가시처럼
빼곡히 앉아
소담스럽게 피었다

은은한 오월
네가 온다면
열아홉 처녀처럼
설레이는 마음

화려한 자태
싱글벙글 아름다운
왕자의 꽃

한 잎 두 잎
설레이는 꽃잎
두근두근 모란의 일생

재회

창공으로 날고 싶다

거센 비바람
방패 되어준 그대 찾아

저 하늘
오묘한 구름 속에 숨어 있을까
반짝이는 별들 틈에 웃고 있을까

발자국조차 없어
허공에 메아리 친다

대답 없는 내 사랑
나의 울타리

생의 마지막 날
영원한 그곳에서 만나리

마른 눈물만 남아있을 즈음
우리 그곳에서 다시 만나리

즐거운 설날

눈 덮인 산 위로
부드러운 봄바람
봄을 싣고 날아와
갑진년 설날
마음껏 축하해준다

온 가족 함께 모여
훈훈하고 보드라운
봄바람처럼
화기애애 정겨운 만남
기쁨의 꽃 피운다

맛있는 음식
마음껏 먹이고
아낌없이 주고 싶은
엄마의 심정

피곤에 지치어도
예쁜 며느리 아들딸 사위 손주
만나는 기쁨의 꽃들

피곤도 사라지는
즐거운 설날

겨울나무 빈 가지에
감사의 달 걸쳐 있다

시
간
의

물
결

커피 나눔

바쁘게 살아가는 일상
정다운 사람들 그리워질 때
커피 한 잔 생각난다

구수한 커피맛에 익어가는
이야기꽃 진한 향기

커피는
마음을 얼지 않게 한다

커피는
따뜻한 마음을 나누게 한다

봄의 울림 같은 커피
머무는 꽃 같다

커피향

행복한 바람결
찻잔에서 흘러난다

사랑하는 사람들
햇살 퍼지듯
봄바람 같은 미소
온 동네 진동한다

불랙홀처럼 퍼지는 온정
파노라마 이룬다

온 사람 좋아하는 커피향처럼
나란한 이웃 함께 하고 싶어라

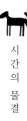

시
간
의

물
결

코스모스꽃

가을 구름
잡을 듯
하늘 높이 자란
코스모스꽃

외로운 상처 누가 알까
여덟 꽃잎의 미소

세파에 시달린 흔적 없구나
수수하고 청초한 얼굴

오늘도 어제처럼
네 생각을 달아놓고

그래
아등바등 하지 않고
맑고 환하게 웃으며
하늘 바라보며 살아가련다

한가위

온갖 곡식 고개 숙인
황금빛 들판
알알이 무르익은 과일
빨강 노랑 열매로
풍요로움 전해온다

그리운 친척
아들 며느리 딸 사위 손자 손녀
커피주전자 물 끓어오르듯
청량한 웃음소리
하늘 위로 오른다

솔잎 깔아 올려놓은 송편
찌는 향기 마당에 솔솔솔

크고 둥근 달
박꽃 웃음으로
한가위 밝히니

담장 위 소란한 행복
달빛 아래 흐뭇하다

한계령 가을길

예쁜 애기손
고운 단풍
타지 않는 불꽃으로
온 산 덮었다

굽이굽이 산길 따라
방실방실 노란 들국화
초록빛 풀고사리
넉넉하게 흐드러지고

다채로운 색채의 하모니
바닷물결처럼 출렁인다

욕망의 이파리 떨군 나뭇가지
푸른 달빛 고드름처럼
굳센 바위 산봉우리

숨 고르는 웅장한 소나무
맑은 공기 방울에 매달린
새들의 축하공연

한고비
또 한고비
고갯길 넘으며
세차게 깊어지는 감동

찬란한 가을빛으로
익어가는 인생길

4부
해안의 아침노을

겨울나무

하얀 눈
그 자리에 홀로 서서
고난 역경 이겨내고
말없이 추운 겨울 맞이하는
온순한 나무

날아드는 새들의 터전
수백 층 꼭대기에 짐을 이고
후한 사랑 풀어내는
넉넉한 마음

가지 많은 나무
바람 잘 날 없어도
하늘이 주신 명품 나무

인내로 얻어낸 기쁨 소망
풍성한 함박꽃나무

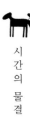

과찬

부담되는 감사
삶을 돌아보게 한다

독자들의 평론 사랑
감동의 눈시울

짧은 인생길
시처럼 진실되고
시처럼 아름답게
인생 실타래 푸는 여정

참
다행한 일이다

대암산 용늪

저 멀리 용늪 줄기
눈 쌓인 산

창 넘어 들어오는
살폿한 함성

주름 잡힌 골마다
하얀 이불 덮고

기백의 혼 담은
소나무

간밤 내린 눈
병풍처럼 그려진
한 폭의 수묵화

그곳에 자리한 기품
가만히 있어도
눈부신 네 이름

번성

소박한 화단 잡초 틈
수줍은 꽃 한 송이
다소곳이 피어났다

어느 날
나비 날아와 사랑을 심었다

스물두 살 시골 처녀
알콩달콩 사랑꽃으로
예쁜 딸을 낳았다

그날은
시름시름 아파
병원을 찾았더니
둘째 아이 임신이라 했다

출산이 어렵다는 의사의 진단
귀중한 생명을 낳겠다고
고집했었다

1960년대
가족계획 산아제한
권장하던 시대이다

예쁘고 귀한 딸
연년생으로 출산
그 딸들
바르고 착하게 자라
교수로 재직 중이고
아들 형제 낳아 결혼시키고
손자를 기다린다

하늘의 별같이
땅을 가득 채우듯
축복의 바람으로
소망하는 마음

하늘에서 새가 날고
만물이 충만한 땅
하나님의 희소식
이 땅에서 번성하리라

섭리의 꽃

다소곳이 피어난
꽃 한 송이
그윽한 향기
전해 온다

밤이슬
아침햇살 받아
방긋 웃는 청순함

거센 비바람에도
변함이 없구나

고된 여행길
지치고 힘겨울 때
인내하라

하늘빛 메시지 따라
기뻐하라

즐거운 여행길
맑은 향기 한아름 담고
살포시 세상에 날리는
영원한 꽃이어라

사랑의 빛

하늘에서
사그륵
빛이 내린다

낮고 작은 곳에
솜처럼 앉는다

엄마의 향기처럼
부드럽고 영롱한 빛

침묵의 호수처럼
웃음으로 꽃이 핀다

홀연히
밝아오는 평화

가만가만
세상을 덮는다

엄마의 바다

청정 소나무 사이
청간정 오솔길
검푸른 바다
바위에 부서지는
하얀 눈꽃송이

바위에 낚시객
번쩍 드는 낚싯대
팔딱팔딱 물고기
고요를 깨우는 몸짓

바다를 먹고 사는 어부들
찰랑찰랑 고기떼 따라
깊은 수심에 마음을 씻고
물 위를 누빈다

언제 봐도 엄마의 품
속내를 드러내지 않는 바다

세상사 사연 담고도
태연한 척 갈매기 소리만 내는
엄마의 바다

어머니의 외로움

농촌부자 외며느리
층층시하 고추보다 매운 시집살이
아버지는 공부하러 서울 상경하여
국회에서 큰일 맡아 나랏일 하셨다

어머니는 마음 깊이 그리워하던 남편을
일 년에 한 두어번 만날 수 있었다
그때마다 친인척 모여들여 서울이야기로 꽃피웠다

그날 이후 어느 날
전쟁이 일어났고
6·25사변 분단의 아픔은
우리 가정 희망을 싹둑 잘라냈다

아버지께선 피난 도중 목숨을 잃었다
어머니의 극한 슬픔 통곡의 절규는
하늘 아래 그 무엇으로도 위로할 수 없었다

새벽녘 멀리 동해바다 뱃고동 소리
우리 가족 공포의 소리요 이별의 소리였다

외로움과 고난으로 절여진 가여운 어머니
눈물 없이 그 삶은 그릴 수 없다

어머니 홀로 짊어지신 식구들
사남매 온 힘 다 해 키워 결혼시켰다

그렇게 자란 자식들은 항상 아픈 마음

그리움의 어머니
희생의 어머니
어머니의 무덤가엔 외로운 눈물로 늘 젖었다

33세 예쁜 꽃이셨던 어머니
짝 잃고 거센 바람에 시들었다

89세 마지막 생으로
하나님 위로 받고 기도로 삶을 드린
천국에서 편히 쉬세요

시
간
의

물
결

인생길

소낙비는 애절하게 내리고
모진 바람 심장을 내리칠 무렵
초라한 나무 한 그루
바람에 쓰러질 것 같다

갈래갈래 고달픈 인생길
어느 날은 험산준령 오름 타고
어둡고 아득한 돌담길을 걸어도
무너지며 일어서는 오뚜기같이
푸른 봄의 생기를 담아가리라

어느 하늘 논길 따라
홀로 떠 있는
외로운 달빛처럼

내 남은 삶은
모든 사람에게 못다한 사랑
가온들찬빛으로
고루고루 펼치고 싶어라

작은 공동체

모든 사람
모든 마음
하나 된 공동체

구구각각 의견 받아
양팔 저울 같은
공평한 처리

햇살 같은 사랑
슬기로운 분별

의를 따라 평화로운
이해와 공감의 공동체

다른 사람 같은 마음
함께 성장하는 행복의 나눔

하늘에서도 땅에서도
축복의 통로, 작은 공동체

이별

정점에서 지나는
일회성 시간처럼

헤어질 이유 없이
늘 함께하던 사람

영원한 곳
그곳으로 가니
다시는 만날 수 없다

이별은 아프지만
창조주 섭리
따라가는 삶

겨울에 죽었다가
봄이 오면
연둣빛 초록빛 산야

다시 피는 꽃처럼
재회가 있으면
얼마나 좋을까

어찌 됐던
이별은
슬픔이다

시
간
의
물
결

육이오의 슬픔

가칠봉 능선 따라
유연하게 펼쳐진 산
연두, 핑크, 갈색
산봉우리의 꿈

노란 숨결
눈부시게 아름다운 산

한걸음에 달려가
안기고 싶은 산

아름다운 숲 속에
아픔이 있다

지뢰가 매설되어
입산하는 사람마다
뛰놀던 짐승마다
발목 잘리고 죽어나온다

6 · 25 전쟁의 아픔
아직까지 이어지는
민족의 고통

산비탈 이어지는 슬픔
언제나 끝이 올까

아찔하다

전쟁과 아버지 1

고요한
주일 새벽
평화로운 마을
괴음 총소리

씻을 수 없는 상처
한을 안고 떠나신
내 아버지

아버지는 대전으로
남은 가족 강릉으로
뿔뿔이 흩어져 피난 하다가

난리통에 납치된 아버지는
처참한 시체로
한을 안고 떠나셨다

세월의 흐름에도 남아있는
피로 얼룩진 가족의 상처

하늘도 무심찮게
산천초목 검은 구름
해를 가리고

아버지 생각에
잠 못드는 밤

하늘의 별빛도
흐르는 바람도
먹먹해지는 사념의 밤

전쟁과 아버지 2

내 유년의 끝자락
태양처럼 환하게 밝아지던
아버지의 빛
순간 칠흑 같은 어둠 속

시대의 고통과 참변으로
처참한 시체가 되었다

슬픔 속 내 마음
어두운 그늘 가려져
꿈을 잃고 날개를 접고
웅크렸다

할아버지 통곡 소리
가족들 슬픔의
바위가 되었다

활짝 피어나지 못한 채
떨어진 아름다운 꽃처럼
훌륭하신 내 아버지
아까운 아버지는
참변으로 떨어지고 말았다

아버지 영혼의 평안을 소망하며
아버지
내 아버지
그곳에서 평안하소서

시
간
의
물
결

해안의 아침 노을

찬바람이 아프게 한다
고통스럽다
눈물 글썽이듯
식은 땀 흥건하다

며칠 전 찾아온 감기몸살
안개 낀 밤처럼 스산하다

생각 없이 밥 한 술 뜨고자
식탁에 앉았는데
눈부신 햇살
비집고 들어온 맨몸의 노을
은혜롭다

이른 봄
돌아나온 새 움처럼
회복의 빛살이 감돌았다

내 몸을 녹이고
내 마음의 기운을 돋우는

해안의 아침노을은
회복의 아침이다

시
간
의

물
결

할아버지의 슬픔

감나무 고목 아래
숨바꼭질 옷깃 감출 때

어디선가 흐느끼는
통곡의 소리

감나무 이파리
바람 날개 달고
하늘을 난다

육이오 폭격에
머리도 없는
외아들 붙들고
통곡하시던 할아버지

불러볼 이름조차 사라진
슬픔의 절규

아랑곳하지 않는
전쟁의 흔적

눈 감으면 떠오르는
그때 그날 유년의 아픔

어스름녘
감나무 붉은 열매 익어갈 때면
할아버지 피눈물 소리
온천지 진동한다

해안마을 펀치볼

DMZ 최북단 우리 마을엔
뱀이 많았다
뱀은 돼지와 상극이라 하여
마을 이름에 돼지, 해(亥)를 담아
해안(亥안)이라 부른 후
뱀이 사라졌다 하니 조상들의 지혜로다

열심 다해 일하여도
농작물 출하 어려워
가난하고 불편했던 동네
대암산 해발 1000미터 고개 넘어야
바깥 동네 출입 가능했던 마을
화채 그릇 닮은 펀치볼

행정지도 아래
위기를 기회로
밤낮 기온 15도 차이
사과재배 적지
구수한 시레기 바람에 말리고
달달한 수박 익어가는 동네

전국 최고의 맛과 향 소박한 인심까지
펀치볼에 담았다

가칠봉 대암산 전망대 산봉우리마다
하얀 눈꽃처럼 피어나는 그리움
아물아물 늦가을 중턱에 펼쳐진 운해
아랫동네 과수원 빨간 사과 여물어가고
윗동네 과수원은 고운 단풍 물들어가고
황금물결 춤추는 들판에
하늘을 나는 고추잠자리
민간 통제선에서 숨어서 피고 지는
희귀생물 무성한 숲 예쁜 야생화
병풍처럼 산뜻하게 둘러싸인 산들은
마을 사람 농작물 보호막 1호
천혜의 혜택 입은 해안마을, 펀치볼

축복 담은 해안마을
행복을 전하는 펀치볼

해산의 아픔

봄을 맞이하는 벚나무 가지
톡 톡 나오는 새움
틔우기까지 찢어지는 아픔

구름 속 치맛자락으로 피어난
아름다운 꽃

열매가 되기까지
어머니의 희생

열 달 동안 고통은
가슴속의 신비로움

또 하나 생명의 꽃
기쁨의 불을 켜는
심장 박동 소리

해산의 아픔은
존귀한 희망의 선물